다시, 봄

다시, 봄

2025년 3월 31일 초판 1쇄 인쇄
2025년 4월 9일 초판 1쇄 발행

지은이 | 손중호
펴낸이 | 孫貞順

펴낸곳 | 도서출판 작가
　　　　(03756) 서울 서대문구 북아현로6길 50
　　　　전화 | 02)365-8111~2 팩스 | 02)365-8110
　　　　이메일 | cultura@cultura.co.kr
　　　　홈페이지 | www.cultura.co.kr
　　　　등록번호 | 제13-630호(2000. 2. 9.)

편집 | 손희 김치성 설재원
디자인 | 오경은 이동홍
영업 | 박영민
관리 | 이용승

ISBN 979-11-94366-72-0 03810

부산광역시 BUSAN METROPOLITAN CITY ㅂㅁㅎㅈㄷ 부산문화재단 BUSAN CULTURAL FOUNDATION
*본 사업은 2025년 부산광역시, 부산문화재단 〈부산문화예술지원사업〉으로
지원을 받았습니다.

값 12,000원

작가기획시선 038

다시, 봄

손증호 시조집

작가

까치발 돋우며 시렁 위에 올려놓은

노래에 가락을 싣고 풍진세상 훨훨 넘네

2025년 봄

손증호

차 례

제2부
먹자 시대

제3부
숲 마시기

제4부
단풍 들 나이

제5부
바쁘게 살면서

제1부
연두 술술

봄꿈

봄꽃 고운 사진 카톡카톡 보내며

그냥 무심한 듯 봄소식을 전합니다

그대와 함께하고픈 춘흥 가만 숨기고

연두 술술

겨울엔 온 세상이 압축파일로 묶였다가
어녹는 힘으로 봄비 종종 길을 트면
나무들 비밀번호도 없이
연두 술술 풀어내네.

다시, 봄

겨울이 하도 길어 봄 없을 줄 알았더니

어디에 숨었다가 이제사 나타나나

얼굴은 부스스해도 두 눈 반짝 빛나네.

너울너울

어제는 너울너울 꽃불로 타오르다

오늘은 하염없이 꽃비로 쏟아지네

봄꽃이 피고 지는 사이

한 생이 또, 기우네.

미묘한 떨림

옛집 돌담에 기댄
늙은 대추나무

가만히 귀 대보면
뚝, 뚝, 뚝 물오르는 소리

내 혈관 타고 흐르는
미묘한 떨림, 어머니!

꼼지락

말채나무 햇가지에 대벌레 한 마리
빈 가지라 생각하고 무심코 잡았다가
아이코, 놀란 소리에
저도 놀라 쳐든 머리

문득

시공간 넘나드는
4차원 같은 걸까

숲길을 거닐다가
메꽃을 본 순간

어릴 적
그 고운 아이
생긋 웃다 사라지네.

착한 모델

꽃들은 언제나 가장 착한 모델이다

이리 찍고 저리 찍고 들썩이며 찍어대도

어여쁜 웃음 머금고 짜증 한 번 내지 않는

절영도 22

햇살 미리 드는 곳엔 봄꽃 먼저 찾아들어

노루귀 귀를 열고

별꽃 총총 눈을 뜨면

봉래산 함지골 자락 꽃비 촉촉 다 젖는다.

초인종

아기의 작은 배꼽은 어여쁜 초인종

배 살살 쓰다듬다 장난치듯 꼬-옥 누르면

아기가 딩동댕동 웃네

엄마 살풋 눈을 감네.

이 봄

장난하듯 이 노옴 하고 아기를 부르면
아기는 그럴 줄 짐짓 알았다는 듯
다가와 앙증스런 얼굴 강아지처럼 비빈다

장난치듯 이 보옴 하고 봄을 불러보면
봄도 그럴 줄 진작 알고 있었다는 듯
아기가 그런 것처럼 가슴에 포옥 안긴다

여리고 고운 것들
눈빛 맑은 고것들이
까르륵 까르륵대며 웃으며 뒹굴며
겨울을 밀쳐낸 자리, 햇살 가득 퍼 올린다.

활짝

이리 나오세요
예광탄이 올랐어요

닫힌 가슴 크게 열고
맺힌 마음 풀라고

꽁해서 찌푸린 얼굴
이제 그만 펴라고

눈부시게
더 눈부시게
봄꽃들이 피었어요

기쁘고 즐거운 날
잘 놀다 가라고

예제서 동시다발로
축포 펑펑 터뜨려요.

어느 봄날 흰 그림자

내가 꿈꿀 동안 그이도 꿈을 꾸어
나도 그도 모르는 꿈속 한 비탈에서
그와 나 사무치게 만나 아픈 속내 나눈 걸까

목련꽃 툭툭 지는 어느 봄날 저녁 무렵
여러 잔 거푸 마신 술자리 뒤끝처럼
아득한 그 모습 좇아 휘우듬 길이 굽네.

비무장지대

일촉즉발 지뢰지대 가슴에 품어 안은

천여 종 관목 숲에 비무장 새들 모여 세상 가장 편한
자세로 짝짓고 둥지 틀고, 새끼를 키우면서 낙원을 꿈꾸
는지 사시사철 어우러져 천연스레 비상하는

무장과 무장 사이로 무장 무장 내리는 비

제2부
먹자 시대

몰래카메라

아이는 성능 좋은 몰래카메라다

어른들의 말과 행실 속속들이 담았다가

저 혼자 되돌려 보고 남모르게 따라 하는

먹자 시대

공자는 뒷방 차지 맹자도 두문불출

노장자 은둔하자 바야흐로 먹자 시대

세상은 먹방에 빠져 먹고 먹고 또 먹고

더, 더, 더

음주단속 교통경찰 완장 차고 닦달하는

윗사람이 아랫사람에게 채찍처럼 휘두르는

뭐든지 더 갖고 싶어 버릇처럼 되뇌는 말

슬픈 보고서

성별 남
나이 열일곱
신장 170cm 정도

아디다○ 검정 운동복
특징 곱슬머리

꿈 많던 젊음이 남긴 다섯 줄짜리 보고서

꽁꽁

대문을 잠근 뒤에
현관문도 단속하고

방문 내쳐 닫고선
말문조차 다잡느니

지은 죄
얼마나 많아
이리 꽁꽁 가둘까.

도를 넘다

이런저런 막말 모여 산 넘고 강 건너자

불신이 불신을 불러 불법으로 치닫는데

그 불법 잦아질수록 마구니 마구 설치네.

赤色警報

부채 하나 우산 하나
알뜰살뜰 챙겨 들고

폭염과 폭우 사이
위태롭게 건너는데

지구는 분노조절 장애
초강력 태풍 예고하네.

요지경

남의 눈 티끌 모아
태산처럼 키운 심보

제 눈의 들보는
스리슬쩍 들어낸 후

시치미
뚝 떼고 앉아
내로남불 경을 왼다.

밥과 법

입맛은 밥맛이고 밥맛이 살맛이라면
'밥이 법이다'란 그 비유 참, 눈물겹다
한 그릇 꽁보리밥의 어두운 눈빛처럼

어떻게 밥 없는 법 있을 수 있을까만
'법이 밥이다'라고 앞뒤 서로 바꿔보면
도무지 우습지 않던 밥과 법이 다 우습다.

신 돈타령

뭐니 뭐니 해도 머니가 최고라지만
이저리 돌다 보면 더럽혀지기 마련이라
일삼아 어떤 이들은 그 물건을 세탁하지

독한 세제 거품 풀고 찌든 때 벗겨내도
검은돈은 검은돈일 뿐 흰 돈 되지 않는데도
침 발라 세는 재미에 황홀해하는 표정 보게

어떤 이는 차명계좌로 꽁꽁꽁 숨겨놓고
누구는 불법 증여 대를 이어 부자 세습
혹자는 마늘밭에다 묻어뒀다 들켰다지

저 잘나 부자 되도 흘겨보는 인심인 걸
검은돈 탑을 쌓고 호령하며 사는 동안
사람들, 마냥 어수룩해 그냥저냥 넘어갈까

업경業鏡에 비춰보면 그 내력 다 드러나
아홉 층 층층이 지은 대로 받는 과보
부석사 오르다 보면 저절로 알까 몰라.

좌우지간에

오른손이 쌓은 탑을 왼손이 허물고
왼손은 내미는데 오른손이 뿌리친다며
눈에다 쌍심지 켜고 주먹 불끈 쥐지 말고

왼손이 비었을 땐 오른손이 채워주고
오른손이 아플 때는 왼손이 감싸주며
미운 정 고운 정 더해 오순도순 살면 되지.

웃음 처방

하루가 턱턱 걸려 넘기기 힘든가요
눈물 섞은 웃음 한 첩 처방해 드릴 테니
정성껏 푹 달여 드시고 크게 한번 웃어봐요

그래도 까르르 웃을 수 없다고요
낄낄낄 우스개 입가심으로 드시고
음 그래, 고개 끄덕이며 마음 빗장 풀어봐요

피 돌림 잘 안되면 아픈 곳도 많다지요
고이고 막혀서 답답하고 힘든 오늘
시원한 박장대소로 가슴 뻥 뻥 뚫어봐요.

수정동 마을버스

수정동 산복도로 마을버스 아시나요
비좁은 골목길을 꼬불꼬불 달리다가
가던 길 멈추고 서서 제 곁 슬쩍 내주는

위아래로 재주넘다 숨바꼭질하다가
집집이 안부 묻듯 이리저리 기웃대다
고단한 이웃과 함께 하룻길을 동행하는

어르신 발이 되어 꿈틀꿈틀 오르다가
부산항 내려다보며 아이처럼 꿈을 꾸는
수정동 오래된 골목 마을버스 타보셨나요

쌍시옷 세상

사람들 모여 살면 쌍시옷 판 되는 건지

끼리끼리 편을 먹고 쏙닥쏙닥 쑥덕쑥덕 씨근대다 벌
떡대다 벌겋게 약이 올라 쌍소리 악다구니 사납게 퍼붓
지만 죽으면 너나없이 썩어서 흙이 될 몸 무슨 억하심
정에 주먹 쑥떡 먹이는지 쌍지팡이 치켜들고 핏대 올려
비난 말고 맺힌 맘 서로 풀자며 쐬주 한 잔 권하거니

쌍시옷 싹 갈아엎고 씨억씨억 살아가세.

제3부
숲 마시기

쯧쯧

내 귀는 소쿠리 귀 웬만한 건 들을 때뿐

귀한 말씀 쓸어 담아도 어느새 술술 새

도대체 뭘 들었는지 흔적 없이 사라지니….

쓱싹

길 잘든 싸리비로 마당 쓱 쓸라치면

빗자루 지난 자리 자국만 곱게 남고

모든 게 싹 사라지네

잘 살아온 인생처럼

양면테이프

이쪽에 붙었다가
저쪽에 붙었다가

배알도 줏대도 없이
저리 살까 싶더니만

넌지시
양쪽을 묶어
하나 될 줄 몰랐네.

내 인생

한 번뿐인 내 인생 제대로 살아야지

닻으로 살아가든

돛으로 살아가든

누군가 해코지하는 덫으로야 살 순 없지.

만월보살

보름달 높이 뜨면 산동네도 넉넉하다

주름진 뒷골목도 스르르 펴지면서

보살행 이름에 맞게 두루두루 환하다.

빨래 널기 좋은 날

은퇴 후
후줄근해진
내 인생의 후반기도

햇볕 쬐고
바람 쐬면
새물내 날까 몰라

오늘은
바지랑대 높여
나를 너네, 훨훨훨

물릴 수도 없고

제법 굵은 빗방울이
후드득 떨어지길래

편의점 후다닥 들러
비닐우산 하나 샀지

그 우산
펼치자마자
해님 활짝 웃네그려.

사랑의 기울기

비가 쏟아질 땐
사랑이 더 잘 보이지

내 어깨 젖더라도
그대 꼭 지키려는

눈길이 머문 쪽으로
우산이 더 기울기에

어느새

어느 새가 '어느새'보다 빨리 날 수 있으랴

바람처럼 지난 청춘 어제인 듯 생생한데

'어느새' 날아오르자 예순 고개도 훌쩍 넘네.

숲 마시기

숲을 마셔보라, 숲의 호흡으로

날숨 크게 내쉬고

들숨 깊이 들이쉬며

배꼽에 숨길 닿도록 수-웊 마셔보라

해일처럼 부푸는 유월 중순 장한 기운

수-웊 마시다 보면 저절로 차고 올라

우리도 푸르디푸른 숲이 되지 않겠는가.

숲길 훨훨

이른바 힐링에는 헐렁함이 필요하다
사는 게 팍팍해서 가슴 그저 답답할 때
졸라맨 넥타이 풀고 숲길 훨훨 걸어보자

가파른 오르막도 설렁설렁 걷다 보면
솔바람에 실려 오는 뻐꾸기 울음소리
숲 내음 스르르 번져 온 천지가 헐렁하다.

산길

산길 오르다 보면 막막할 때 더러 있다
어디로 가야 할지 방향 잃고 헤매다가
숨 한번 들이마시고 멀찍이 봐야 보이는

비바람에 씻기고 낙엽에 파묻혀도
멧돼지 파헤쳐서 길의 흔적 지워져도
등성이 저 너머까지 구불구불 이어지는

우리네 한살이도 저 길과 같은 거라
옛사람 자취 찾아 허리 굽혀 좇아가면
언젠가 뒷사람들도 그 길 밟고 따라오는

출렁다리

제발 뛰지 마세요, 흔들지 마세요
붉은색 경고문쯤 눈감으면 그만이지
열두 살 장난꾸러기 환호하며 건너갈 때

여기서 보겠네, 출렁이는 사람살이
풀쩍풀쩍 뛰는 사람 엉금엉금 기는 사람
한순간 지나치지만 서로 다른 걸음 본새

까마득한 절벽 아래 물안개 걷어내면
산비둘기 구구구 깃을 치며 날아올라
높푸른 가을하늘도 출렁출렁 춤을 추네.

눈썹산마을

지리산 남부자락
청룡리 미산마을
돌아가신 한들댁 빈집에 불 켜지면
아들네 내려왔다는 걸 마을 사람 다 안다

그래, 그래야지
큰아들은 그래야지
생전의 어매 돌보듯 옛집도 돌봐야지
그제야 어둠 속 산마을 흐뭇하게 잠든다.

제4부
단풍 들 나이

신나는 도마

도마도 말이 되는

북경반점 저녁 시간

야생마 한 무리 몽골초원 내달린다

다다닥, 다다닥 탁! 탁! 말발굽 소리 자욱하다.

단풍 들 나이

먹고살기 바빴던 봄여름 다 보내고

이제 막 단풍 드는 가을 숲에 들었으니

푸른색 걷어낸 자리 어떤 색상 앉힐까

비파괴 당도측정기

겉과 속이 같다면야
말과 짓도 같아야지

찔러보지 않더라도
내부 당도 알 수 있는

비파괴 당도측정기
나에게 가만 대본다.

~라면

꼬불꼬불 인생길도 그대와 함께라면
미운 정 고운 정에 묵은 정도 곁들여서
김치만 얹어 먹어도 후룩후룩 잘도 넘네.

직진

해양대 방파제에 대자보로 붙여놓은

'보름아, 사랑한다!'

붉은 저 사랑 고백

스무 살 막무가내에 봄바람도 설렌다.

말씀 4

함부로 목청 높여 가르치지 말 일이다

힘 빼고 망치질해야 못 절로 순해지듯

아이도 못과 같아서 힘을 빼야 바로 선다.

검정 우산

비바람 몰아칠 때 요긴했던 검정 우산

볕 들면 천덕구니 한구석에 밀려난 채

녹슬고 살도 부러져

적막한 밤 콜록콜록

긴꼬리원숭이

꼬리가 길다는 건
걱정이 많다는 뜻

걱정이 걱정을 불러 꼬리 더 길어진 날

그 꼬리
문턱에 걸려
꼼짝달싹 못 하네.

뺘

漢字로 쓰면 夫婦지만
한 자로 쓰면 '뺘'가 되는

부부는 일심동체다
설명할 필요 없이

한눈에 딱 보여주는
그 글자 참, 묘하네.

대작對酌

살다 보니 허허 참 이런 날도 오네, 그려
마주 보며 건네는 잔 설렘 가득 채우고
여보게 권커니 잣거니 한잔하세, 그려

혼자서 마실 땐 달님이라도 모셔야지만
그대와 만났으니 무엇이 더 필요한가
오늘은 세상사 다 잊고 흠뻑 취해보세, 그려.

사는 맛

사는 맛 뭐라 해도 등 밀기 그중 낫네
벌거벗은 몸뚱어리 임의로이 드러내고
더운물 끼얹으면서
벽 하나씩 허무느니

때맞춰 밥 사고 보고플 때 술을 사면
오가는 눈빛 속에 정도 하마 스며들어
가슴속 따뜻해지느니
그게 바로 사는 맛

장수 비결
– 어느 할아버지 말씀

편하게 살던 친구 길 뜬지 오래지만
일에 치여 살다 보니 세월 가는 줄 모르고
죽겠다, 바빠 죽겠다며 오늘까지 살고 있네

아내 말 잘 듣는 게 늘그막을 잘 사는 법
반찬 짜면 적게 먹고 더 짜면 물 마시고
스스로 수평 만드는 바다처럼 살면 그만

무얼 즐겨 먹는지 묻는 사람 많더라만
철 따라 차린 밥상 보약인 양 챙겨 먹고
때맞춰 나이 먹으니 여태껏 사네, 그려

품

어디로 가야 할지 앞길 그저 막막할 때
가슴 슬쩍 내어주며 '딸'하고 안아주는
엄마가 있어야 한다, 세상 모든 딸에게는

비바람 몰아쳐서 속절없이 비 맞을 때
'엄마'하고 달려와서 우산이 되어주는
딸 하나 있어야 한다, 늘그막의 엄마한텐

술에 부쳐

술, 술술 마시면 일도 술술 풀릴까

불처럼 몸 달구는 불물이 술인지라 술병만 잡아도 힘
짱짱 오르더니 몇 순배 술잔 돌자 풍선처럼 부푸는데,
일차가 아쉬워 이삼 차 달리다 보면 얼씨구 지화도 좋
다 밤새 둥둥 뜨는구나. 그러다 바람 빠지면 어쩌려고
나댔는지 숙취로 가라앉아 꼼짝하기 힘든 아침

속풀이 해장국으로 쓰린 속 슬슬 달래네.

첨성대의 말

내 몸 친친 에워싼 조명 제발 꺼주세요
어둠이 깊어야 별도 총총 빛나거늘
그윽한 서라벌의 밤 다시 담고 싶어요.

바쁘게 살면서

별별 사람 만나봐도 별 볼 일 없더니만

새벽 운동 나섰다가 고개 들고 쳐다보니

아파트 옥상 너머로 별 하나 슬쩍 보이네.

포옹의 힘

쪼르르
달려온 아이
엄마를 꼭 껴안자

산삼보다 힘이 센
보약 처방 받았는지

지치고
고달픈 하루
스르르 다 녹는다.

우주여행

비 오면 비 핑계로
술잔을 들어보라

비雨와 술酒이 만나면
또 다른 우주 열리느니

오늘은
어우렁더우렁
그 우주에 젖고 싶다.

눈길 자주 주다 보면

저걸 어쩌나 하고 눈길 자주 주다 보면

그 사람 눈물겨운 뽕짝도 좀 보이고

참아서 더 가슴 아린 속엣말도 들린다.

말씀 3

야야, 공부같이 매정한 게 없단다

손에서 놓는 순간 멀어진단 말 헛말 아녀

어린 날 어머니 말씀 머리맡에 놓고 산다.

분홍의자

등 굽은 할머니 조촘조촘 오시더니
임산부 배려석에 조심스레 앉으시며
아이고 여 앉아도 되나
미안하다, 의자야

어르신 자제분이 몇이나 되는데요
딸 같은 아주머니 웃으면서 물어보자
아들이 다섯에다가 여식이 서이시더

팔 남매 낳은 공로 어디다 비길까요
이 자리에 앉을 자격 차고도 넘치네요
어르신, 미안해 마시고 편히 앉아 가세요.

맑은 눈물 한 방울

설운 마음 하 많아 말없이 가신 걸까
떠나실 때 보이신 맑은 눈물 한 방울
제 가슴 마를 때마다 비가 되어 내립니다
감나무 가지 끝에 눈물방울 붉게 엉겨
잘 여문 홍시 하나 탐스레 열렸기에
어머니 사무친 이름, 높이 올려 괴옵니다.

모른척할 수도 없고

지하철 맞은편에 안경 쓴 할머니가
남대문 열렸다고 수신호를 보내는데
어이쿠 이것 민망하네
모른척할 수도 없고

고개 슬쩍 숙이고 아래를 내려다보니
바지 지퍼 아니고 카디건 단추 풀려있네
이것 참, 고맙다 해야 하나
화라도 벌컥 내야 하나

옆자리 친구분이 아이다 아이다 하자
그 할머니 당황한 듯 입 틀어막고 웃는데
주변을 둘러보다가
나도 그만 웃고 마네.

밥줄

아닌척하지만 내심은 먹고사는 일
내 밥그릇 온전하게 챙기기 위해서라면
새빨간 거짓말이라도 스리슬쩍 하고 말지

그 거짓 덮기 위해 탈 하나씩 덮어쓰고
겉으로 그럴듯한 깃발 높이 쳐들지만
한 꺼풀 벗기고 보면 누구나 비슷하지

오늘도 전해지는 여의도 판 뉴스거리
무엇을 닮은 것인지 실속 없이 요란한데
모든 게 참 그렇다며 고개를 또 끄떡이지.

줄

시내버스 출입문에 붉은 글씨 안내판
'줄을 잡지 마세요, 진짜 위험합니다'
그렇지, 위험하고말고 아무 줄이나 막 잡으면

그보다 더 위험한 건 보이지 않는 줄인데도
눈에다 불을 켜고 그 줄 찾아 헤매다가
나 또한 어쩔 수 없이 연줄 친친 감고 사네.

절영도 20

− 깡깡이 아지매

쇠에서 난 녹이 쇠 온통 먹기 전에
대풍포 깡깡이마을 깡깡이 아지매들
그 쇳녹 벗겨내느라 귀도 깜깜 눈도 깜깜

난청에 이명이 겹쳐 불면증에 시달려도
녹슨 배 두들기다 억센 근력 키웠는지
깡깡깡 소리에 맞춰 영도다리도 번쩍 드네

영도다리 번쩍 드네, 깡깡이 아지매들
밧줄에 매인 밥줄 뱃전에 꽁꽁 묶고
온 삭신 들쑤신대도 억척으로 버텨내네.

낯선 나를 만나다

알람이 울리기 전 저절로 눈 떠진 날
아직은 어두침침한 방안을 둘러보다
초로의 사내를 보네, 새벽어둠 아주 낯선

식구들 고된 하루 큼큼큼 깨우시던
어릴 적 사랑 할배 헛기침을 만나네
아침은 한참 멀었는데 눈 멀뚱멀뚱 떠진 날

머 할라꼬

한티재 넘는 길에 밖을 보시던 할머니

야야 바까테 번쩍번쩍하는 저기 머꼬
핸들 잡은 손자에게 할머니 물어보시네
할매요, 저거는 모텔이라는 데시더
호텔? 이 촌구석에 먼 호텔이 저리 만노
할매요, 호텔이 아니고 모텔이시더
모텔이라꼬 그래 모텔은 머하는 데꼬
할매요, 사람들 모여 텔레비 보는 데시더
그라머 그기이 마을회관 같은 데네
여럿이 모여 봐야 연속극도 더 재밌제
그런데 얄궂데이 멀쩡한 저거 집 놔두고
머 할라꼬 이 먼 데꺼정 와서 텔레비 보노
요상한 모텔촌엔 야릇한 불빛 넘치는데

얄궂다 얄궂다시며 구시렁구시렁 재를 넘네.

사랑의 시학을 완성해가는 따뜻한 마음의 결실

— 손증호의 시조 미학

유성호(문학평론가, 한양대학교 국문과 교수)

사랑의 시학을 완성해가는 따뜻한 마음의 결실
— 손증호의 시조 미학

유성호(문학평론가, 한양대학교 국문과 교수)

1. 가장 맞춤한 성찰과 고백의 방법적 거점

손증호의 신작 시조집 『다시, 봄』(작가, 2025)은 시인이 오랫동안 쌓아온 경험적 실감들을 섬세하고 나직하게 고백한 정형 미학의 기록이다. 그의 시조는 스스로 겪어온 시간에 대한 경험 형식으로 쓰이면서 시간의 흔적에 대한 해석과 판단의 심도深度를 낱낱이 보여준다. 시인은 이 폐허의 시대에도 함축적 언어의 구상과 발화를 수행함으로써 존재론적 현기眩氣를 수반한 미학적 개성을 성취해간다. 그것은 시인이 세계 안으로 자신을 온전하게 투사投射

하면서 존재의 확장을 꾀하고 있기 때문이다. 이렇듯 내밀한 사유와 표현을 결속해가는 과정을 통해 손증호의 시조는 빼어난 서정의 한 극점을 이루어가고 있다 할 것이다.

그런가 하면 손증호의 시조는 사물과 삶을 향한 따뜻한 사유와 표현이 펼쳐낸 오랜 관찰의 도록圖錄으로 다가온다. 시인은 시조라는 언어예술을 향한 애착을 이어가면서도 한층 충일한 기억 속에 민활하고도 예술적인 감각과 사유를 담아낸다. 그 점에서 이번 시조집은 새로운 미학적 정점을 암시하면서 사물들이 그려내는 섬세한 파동을 선연하게 담아내고 있다. 이러한 그의 일관된 시작詩作 원리는 한결같이 어떤 격정이나 충동마저 잔잔한 언어로 갈무리하는 데 기여하고 있다. 그렇게 이번 시조집은 섬세한 기억의 원리에 따라 구성되어 있고 그것을 통해 시인은 자기동일성을 환기하는 내면 운동을 견지해간다. 시인 특유의 선명한 음역音域과 기억을 통해 아름다운 시간을 회상하고 재현하려는 지향을 강하게 가진 결실인 셈이다.

결과적으로 손증호는 자신의 삶에 남은 흔적을 추스르고 견디는 쪽에서 시적 구상과 발화를 생성해가는 전형적인 서정시인이다. 그 점에서 그의 시조는 가장 맞춤한 성찰과 고백의 방법적 거점이 되어준다. 시인은 서정시의 재귀적再歸的 원리를 일관되게 탐구하고 실천해감으로써 스스로 희원해온 시적 진정성을 지속적으로 노래한다. 이는 시인이 언어 생성을 통해 존재 생성을 이루어가는 과정을 뜻하기도 한다. 그만큼 손증호 시조는 구체성과 보편성을 통합하면서 하나의 원숙한 세계를 이루어가고 있다 할 것이다. 이제 그 정형 미학의 세계로 천천히 한 걸음씩 들어가 보도록 하자.

2. 약동하는 봄에 대한 섬세한 감각의 기록

손증호 시인은 살아있는 감각의 생성과 배열을 중요하게 구축해간다. 그의 감각은 우리의 지각으로는 가닿기 어려운 어떤 시원始原을 종종 향하곤 한다. 이때 '시원'은 신성을 내장한 감각의 본향이기도 하고, 훼손되기 이전의 정신적 경지를 간접화한 표상이기도 하다. 시인은 그것을 일상에서 발견하기도 하고 자연 세목에서 찾아내기도 한다. 이러한 감각의 추구를 통해 손증호의 언어는 시원의 상상적 완성을 도모해간다. 그리고 이러한 열정은 자연 사물의 편재성遍在性을 통해 시인 자신의 상징이나 은유로 나타나기도 한다. 시인은 자연이나 계절을 취하여 시원의 차원으로 자신을 끌어올리려는 노력을 다해가는 것이다. 특별히 '봄'의 순간과 장면을 결속하고 경험적 주체와 시적 주체를 통합함으로써 시인은 시원에 이르는 과정을 심화해간다. 새로 약동하는 봄에 대한 섬세한 감각의 기록을 읽어보도록 하자.

겨울이 하도 길어 봄 없을 줄 알았더니

어디에 숨었다가 이제사 나타나나

얼굴은 부스스해도 두 눈 반짝 빛나네.

—「다시, 봄」 전문

어제는 너울너울 꽃불로 타오르다

오늘은 하염없이 꽃비로 쏟아지네

봄꽃이 피고 지는 사이

한 생이 또, 기우네.

—「너울너울」 전문

이 두 편의 단시조 안에 시인은 봄날의 생명력을 거의 완벽하게 불어넣었다. 앞의 작품은 이번 시조집 표제작으로서 어김없이 다시 찾아온 봄의 환희를 기록하고 있다. 시인은 겨울이 길어 봄이 없을 줄 알았더니, 봄이 어딘가 숨었다가 부스스한 얼굴과 빛나는 두 눈으로 다시 나타났다고 노래한다. 자연스러운 계절의 운행이지만 필연의 약속처럼 다시 찾아온 봄날 앞에서 여전히 삶의 희망을 놓지 말자는 암묵적 언어를 내장한 시편이라고 할 수 있을 것이다. 뒤의 작품은 이미 와버린 봄날의 기운을 '너울너울'이라는 첩어로 표현한 산뜻한 시편이다. 너울너울 꽃불로 타오르던 개화開花의 순간과 하염없이 꽃비로 쏟아지는 낙화落花의 순간이 삶의 자연스러운 순리처럼 읽힌다. 그렇게 봄꽃이 피고 지는 사이 또 기울어가는 "한 생"이야말로 유한자有限者인 우리 모두를 '꽃'으로 은유한 미학적 표상의 결과일 것이다. 다음은 어떠한가.

　　　햇살 미리 드는 곳엔 봄꽃 먼저 찾아들어

　　　노루귀 귀를 열고

　　　별꽃 총총 눈을 뜨면

　　　봉래산 함지골 자락 꽃비 촉촉 다 젖는다.

　　　　　　　　　　　　—「절영도 22 - 봉래산의 봄」전문

'절영도絶影島'는 부산에 있는 섬으로서 이곳에서 길러진 명마가 빨리 달려 그림자를 볼 수 없다고 하여 그렇게 불렸다고 한다. 시인은 섬에서 가장 높은 봉래산蓬萊山에 찾아온 봄날을 노래하고 있다. '햇살'과 '봄꽃'은 누구랄 것도 없이 '미리'와 '먼저'로 벌써부터 와 있다. '노루귀'도 '별꽃'도 귀와 눈을 열고 있고 "봉래산 함지골 자락 꽃비"도 젖어들고 있다. 이렇게 '절영絶影'을 치러내는 섬의 봄날이 눈부시게 다가온다. 결국 손증호 시편에서 봄날의 자연 사물은 "어녹는 힘으로 봄비 종종 길을"(「연두 술술」) 트는 순간을 기록하고 "겨울을 밀쳐낸 자리, 햇살 가득"(「이 봄」) 쪼이는 장면을 생성해낸다. 시인의 예민한 감각과 선명한 필치가 결합하면서 아름다운 자연 소묘를 성취해간 것이다.

손증호 시인은 이렇게 자연 풍경을 따라가면서 시간이 흘러가는 길 위로 나와 있다. 봄을 맞아 누리는 감각의 충일함에 시원에 대한 그리움을 얹어 우리에게 그 존재의 심층을 일일이 보여준다. 이는 그의 시조가 뭇 현상들이 상호 연관되어 있다는 생각 아래 자연 사물의 순환 과정과 매개되어 있음을 알게끔 해준다. 인간이 우주의 구성 요소들과 불가분리성을 지닌다는 자각을 수반하면서 자연이 가장 근원적인 가치를 구유具有한다는 인식과 연동되기도 한다. 이때 시인의 감각은 봄의 물리적 속성을 재현하는

데 그치지 않고 시원을 향하는 역동성으로 몸을 바꾼다. 대체로 결핍이나 부재로 얼룩진 세계를 이어주는 중요하고 구체적인 창窓이 '감각'이라면, 손증호의 감각은 자신의 원체험原體驗을 부단하게 발견하고 배치하는 중요한 장치이자 방법론이 되어준다. 약동하는 봄날에 대한 섬세한 감각의 기록을 보여준 그의 언어는 앞으로도 오랜 기억 속에서 지속적으로 새로운 감각을 아름답게 생성해갈 것이다.

3. 가없고 아득한 존재론적 기원origin의 추구

우리가 알거니와 서정시는 지난 시간에 대한 기억의 현상학에 의해 발원되고 구성되는 언어예술이다. 어떤 인상적인 순간을 포착하여 그것을 존재의 오래된 기억으로 환치하는 독보적 기억술記憶術이기도 하다. 이는 현실의 시간에서 벗어나 예술적 시간으로 귀환하려는 의지가 반영된 결과이기도 할 것이다. 외따로 떨어진 사물과 사물 사이에 연관성의 파동이 나타나는 것도 이러한 기억의 매개 때문이다. 손증호 시인은 사물 속에 깃들인 기억을 순간적으로 재현하면서 그 안에서 시간의 오랜 흐름을 포착해간다. 가없고 아득한 존재론적 기원origin의 추구가 이때 수반되어 나타난다. 말할 것도 없이 시인의 기억은 존재론적 기원과 사후적 연속성을 함께 사유하는 과정으로 번져간다. 이렇듯 시인은 가장 오랜 기원을 흠모하고 탈환해가면서, 궁극

적으로는 지상에 발 딛고 살아가는 이들의 존재 형식을 증
언하는 쪽으로 귀환해간다.

쪼르르
달려온 아이
엄마를 꼭 껴안자

산삼보다 힘이 센
보약 처방 받았는지

지치고
고달픈 하루
스르르 다 녹는다.

—「포옹의 힘」 전문

야야, 공부같이 매정한 게 없단다

손에서 놓는 순간 멀어진단 말 헛말 아녀

어린 날 어머니 말씀 머리맡에 놓고 산다.

—「말씀 3」 전문

앞의 시편에는 아이가 엄마를 끌어안는 장면이 펼쳐진
다. 이 단순한 동작 속에서 시인은 가장 근원적인 '힘'을
발견한다. 아이가 쪼르르 달려와 엄마를 껴안자 엄마와
아이는 모두 "산삼보다 힘이 센/보약 처방"을 받은 것처
럼 "지치고/고달픈 하루"를 위안받는다. 상처와 슬픔도 다
스르르 녹여버리는 "포옹의 힘"이야말로 우리 모두가 그
리워하는 존재론적 기원의 감각적 표상일 것이다. 뒤의
시편에는 어린 날 어머니께서 들려주시던 말씀이 재현된
다. 공부같이 매정한 게 없으니 손에서 놓지 말라는 어머
니의 말씀을 머리맡에 놓고 살아가는 시인의 마음이 해맑
고 아름다운 "어린 날"을 새기는 원동력이 되어준 것이다.
이처럼 포옹과 말씀의 '힘'은 "까치발 돋우며 시렁 위에 올
려놓은//노래에 가락을 싣고 풍진세상 훨훨"(「시인의
말」) 넘으려는 시인의 마음에 강한 에너지를 부여하는 창
의적 원천이 되어주고 있다.

> 설운 마음 하 많아 말없이 가신 걸까
> 떠나실 때 보이신 맑은 눈물 한 방울
> 제 가슴 마를 때마다 비가 되어 내립니다
> 감나무 가지 끝에 눈물방울 붉게 엉겨
> 잘 여문 홍시 하나 탐스레 열렸기에
> 어머니 사무친 이름, 높이 올려 괴옵니다.

—「맑은 눈물 한 방울」 전문

시인은 가장 깊은 수원水源을 가진 존재론적 기원으로서 '어머니'를 다시 한 번 호명한다. 그 사무친 이름을 높이 괴어 올리면서, 설운 마음 안고 말없이 가신 어머니를 회억回憶한다. 생각해보면, 어머니 떠나실 때 보이신 "맑은 눈물 한 방울"은 아직도 가슴이 마를 때마다 비가 되어 내리고 있다. "감나무 가지 끝에" 붉게 엉긴 "눈물방울"은 그대로 "잘 여문 홍시"이자 어머니의 "사무친 이름"이기도 하다. 그렇게 "맑은 눈물 한 방울"은 시인에게 "혈관 타고 흐르는/미묘한 떨림"(「미묘한 떨림」)으로 남아 있고 "참아서 더 가슴 아린 속엣말"(「눈길 자주 주다 보면」)을 응축한 시적 표상으로 잔잔한 파문을 그려가고 있을 것이다.

이처럼 손증호 시인은 자신의 존재론적 기원 안에 웅크리고 있는 기억을 찾아 나서면서 시인의 삶을 가능하게 해주신 '어머니'를 불러 자신에 대한 성찰의 차원으로 옮겨간다. 그러한 과정을 통해 삶이 시간의 흐름 위에 놓여 있지만 그것을 역류하여 아름다운 뿌리를 동시에 가질 수 있음을 노래한다. 이는 존재론적 기원이 누구에게나 기억의 심층이자 지나온 시간을 거슬러오를 수 있는 바탕임을 증언하는 것이기도 하다. 물론 시간을 역류한다는 것은 과거를 단순하게 재현하는 것이 아니라 지난 시간을 원초적 경험으로 치환하고 그것을 현재의 삶과 연루시키는 적극적인 행위를 말한다. 그렇게 선연한 빛으로 갈무리된, 가장 찬연한 아름다움을 뿌리는 긍정과 포용의 마음이 이번 시조집을 관통하는 궁극적 힘이었던 셈이다. 결국 시인은 서정시가 우리 모두가 만날 수 있는 시간예술임을 증언하고 있는 것이다.

4. 사물들의 상호 연관성을 통한 사랑의 시학

그런가 하면 우리가 손증호 시조를 통해 뚜렷하게 경험할 수 있는 또 한 가지는 시인의 남다른 사랑의 마음이다. 시인은 삶을 지탱하면서 이끌어가는 힘으로 '사랑'을 사유하고 형상화한다. 살아온 날들을 회상하면서도 살아갈 날들의 힘을 그 안에서 끌어오는 것이다. 이렇게 시인의 격조는 자아와 타자, 삶과 죽음, 신생과 소멸, 만남과 이별의 경계를 가르고 다시 통합하는 사랑의 힘에 의해 발원한다. 그 핵심에는 대상을 안아들이고 그 품에서 삶을 완성하려는 사랑의 에너지가 숨쉬고 있고, 그의 시조는 언어를 통한 사랑의 경험을 독자들에게 산뜻하게 선사해간다. 시간의 흐름 속에 놓인 사물과 그에 대한 정서적 반응을 독자적 언어로 표상함으로써 시인은 이처럼 깊은 사랑의 파동을 들려주고 있는 셈이다. 다음 시편을 먼저 읽어보자.

　　내가 꿈꿀 동안 그이도 꿈을 꾸어
　　나도 그도 모르는 꿈속 한 비탈에서

그와 나 사무치게 만나 아픈 속내 나눈 걸까

목련꽃 툭툭 지는 어느 봄날 저녁 무렵
여러 잔 거푸 마신 술자리 뒤끝처럼
아득한 그 모습 좇아 휘우듬 길이 굽네.

—「어느 봄날 흰 그림자」 전문

 이 작품은 어느 봄날 시인이 만난 '흰 그림자'를 담고 있
다. '나'와 '그'는 동시에 꿈을 꾸어 '나'도 '그'도 모르는 꿈
속 한 비탈에서 사무치게 만나 "아픈 속내"를 함께 나눈다.
이 속 깊은 만남과 대화의 과정은 그 자체로 "목련꽃 툭툭
지는 어느 봄날 저녁 무렵"에 만난 상상 속의 '그'를 불러오
는 불가피한 방법론이었을 것이다. 시인은 이처럼 아득한
'흰 그림자'를 좇아 휘우듬 굽어진 길을 바라보며 짙은 그
리움에 젖는다. 비록 '그'는 지금 여기에는 부재하지만 "그
대와 함께하고픈 춘흥 가만 숨기고"(「봄꿈」) 수행하는 시
인의 꿈이야말로 '그'를 향한 사랑의 다른 이름일 것이다.

 비가 쏟아질 땐
 사랑이 더 잘 보이지

내 어깨 젖더라도
그대 꼭 지키려는

눈길이 머문 쪽으로
우산이 더 기울기에

                —「사랑의 기울기」전문

오른손이 쌓은 탑을 왼손이 허물고
왼손은 내미는데 오른손이 뿌리친다며
눈에다 쌍심지 켜고 주먹 불끈 쥐지 말고

왼손이 비었을 땐 오른손이 채워주고
오른손이 아플 때는 왼손이 감싸주며
미운 정 고운 정 더해 오순도순 살면 되지.

                —「좌우지간에」전문

    사랑은 마음만큼 기울어져 표현된다. 비가 쏟아지는 날 사랑이 더욱 잘 보이는 것 역시 "내 어깨 젖더라도/그대 꼭 지키려는" 마음에서 그것이 발원하기 때문이다. 자신의 어깨는 젖으면서 눈길 머문 쪽으로 우산이 더 기울어가는 장면이 바로 '사랑의 기울기'라는 시인의 명명이 훈훈하게 다가온다. 그런가 하면 사랑은 눈에 쌍심지를 켜며 "오른손"과 "왼손"이 서로를 허물고 뿌리치는 것을 통합하는 힘으로도 작동한다. 왼손이 비면 오른손이 채우고 오른손이 아프면 왼손이 감싸주는 사랑의 마음이 "미운 정 고운 정"을 서로 부여해가는 따스운 마음일 것이다. "붉은 저 사랑 고백"(「직진」)을 담은 채 "어여쁜 웃음 머금고 짜증 한 번 내지 않는"(「착한 모델」) 사랑의 마음이 찬찬하게 번져가는 멋진 시편들이다.

이처럼 시인은 대상을 향한 한없는 사랑을 노래함으로써 사물들의 상호 연관성을 투시하고 그것을 보편적 공감으로 이끌어 들이는 언어적 결속력을 보여준다. 대체로 기억이란 주체의 회상적이고 창조적인 조절 기능의 일환을 말하는데, 그만큼 우리는 기억을 거치지 않고는 주체를 경험적으로 회복할 수 없고 대상을 향한 사랑을 재구축할 수 없게 된다. 시인의 사랑은, 고고학자의 시선처럼, 현재 남은 과거의 잔상殘像을 재현하면서 동시에 그때의 한순간을 현재형으로 구성해내는 힘을 함축한다. 시인은 시종일관 사랑이라는 정서적 바탕 위에서 시조를 쓰면서 그곳을 귀결해가는 사랑의 시학을 개성적으로 실현해간다. 대상을 향한 지극한 사랑의 동심원을 그리면서 그의 언어가 천천히 번져가고 있지 않은가.

5. 애잔하고 투명한 한 시대의 화폭

모든 서정시는 시인 자신의 회귀적 자기 성찰이 일차적 동기로 작용한다. 하지만 그 언어가 타자를 포괄하고 지향하지 않는 한 그것은 사방이 거울로 이루어진 방 속에 갇힌 것에 불과할 것이다. 따라서 주위 사람들에 대한 지극한 관심과 시선이야말로 미학의 확장 과정에서 매우 불가결하다. 그리고 그들을 보다 더 넓은 차원에서 사유하는 것이야말로 서정시의 심층적 동기가 될 수밖에 없을 것이다. 손증호 시인은 동시대를 살아가는 이들을 향한 시선을 통해 시조 미학을 한 차원 넓게 확충해간다. 오랜 것에 대한 애착과 사랑으로 이들을 살피고 품으려는 지향이 여기에서 생성된다. 그 순간 우리는 시대의 외곽성을 예민하게 느끼고 그것을 기록해가는 시인의 남다른 역량과 만나게 된다. 말하자면 시인은 현실적 시간으로 귀환하여 자신의 경험을 인간 존재의 보편성으로 승화하려는 것이다. 애잔하고 투명한 한 시대의 화폭이 이때 마련되고 완성되어간다.

　　　수정동 산복도로 마을버스 아시나요
　　　비좁은 골목길을 꼬불꼬불 달리다가
　　　가던 길 멈추고 서서 제 곁 슬쩍 내주는

　　　위아래로 재주넘다 숨바꼭질하다가

집집이 안부 묻듯 이리저리 기웃대다
고단한 이웃과 함께 하룻길을 동행하는

어르신 발이 되어 꿈틀꿈틀 오르다가
부산항 내려다보며 아이처럼 꿈을 꾸는
수정동 오래된 골목 마을버스 타보셨나요.

—「수정동 마을버스」 전문

　　비좁은 수정동 산복도로를 오가는 '마을버스'는 골목길
을 꼬불꼬불 달리다가 가끔씩 가던 길 멈추고 곁을 슬쩍
내준다. 그렇게 집집이 안부 묻듯 고단한 이웃들과 함께
하룻길 동행하는 '마을버스'에는 주변인들을 돌보고 품어
가려는 시인의 마음이 투영되어 있다. 때로 어르신들의 발
이 되어 오르고 때로 부산항 내려다보며 아이처럼 꿈을 꾸
는 "수정동 오래된 골목 마을버스"는 그 자체로 '시인 손증
호'의 존재론일 것이다. "어둠이 깊어야 별도 총총 빛
나"(「첨성대의 말」)지 않을 것인가. 시인은 이러한 가녀린
빛이 가슴속 따뜻해지는 것이 "바로 사는 맛"(「사는 맛」)
이라고 노래하는 것이다.

　　보름달 높이 뜨면 산동네도 넉넉하다

주름진 뒷골목도 스르르 펴지면서

보살행 이름에 맞게 두루두루 환하다.

　　　　　　　　　　　—「만월보살」 전문

쇠에서 난 녹이 쇠 온통 먹기 전에
대풍포 깡깡이마을 깡깡이 아지매들
그 쇳녹 벗겨내느라 귀도 깜깜 눈도 깜깜

난청에 이명이 겹쳐 불면증에 시달려도
녹슨 배 두들기다 억센 근력 키웠는지
깡깡깡 소리에 맞춰 영도다리도 번쩍 드네

영도다리 번쩍 드네, 깡깡이 아지매들
밧줄에 매인 밥줄 뱃전에 꽁꽁 묶고
온 삭신 들쑤신대도 억척으로 버텨내네.

　　　　　　—「절영도 20 – 깡깡이 아지매」 전문

　산동네를 넉넉하게 밝혀주는 보름달은 어느새 '만월보
살'이 된다. 주름진 뒷골목도 스르르 펴지게 하면서 만월은 "보살행 이름"에 맞는 환한 빛을 골고루 뿌린다. 여기서 '보살' 또한 '시인'의 다른 표현일 것이다. 그리고 시인은 '절영도'를 다시 불러와 거기 사는 '깡깡이 아지매'의 모습을 생생하게 기록하고 건넨다. 대풍포 깡깡이마을 깡깡이 아지매들은 쇳녹 벗겨내느라 귀도 눈도 깜깜해진다. '난청'과 '이명'이 겹치면서 찾아온 '불면증'에 시달리면서도 아지매들은 억센 근력으로 깡깡깡 소리에 맞추어 영도다리도 번쩍 든다. "밧줄에 매인 밥줄 뱃전에 꽁꽁 묶고" 살아가는 이분들이야말로 억척으로 버텨오면서 "스스로 수평 만드는 바다처럼"(「장수 비결 – 어느 할아버지 말씀」) 살아온 역사의 주인공들일 것이다.

이처럼 손증호의 이번 시조집은 촘촘한 스케일과 다양한 발화 방식을 가진 채 다가오는 언어적 실체로서 우뚝하다. 이는 시인이 개별성과 보편성을 결합함으로써 시공간의 투시를 아울러 성취한 결실이기도 할 것이다. 그 안에는 자연스럽게 인생론적 가치를 발견하는 순간이 오롯하게 깃들여 있는데, 이때 시인이 발하는 목소리는 세상을 살아가는 존재자들의 삶에 대한 구체적 인식과 표현에서 발원하게 된다. 그렇게 그의 시조는 한 시대의 심부深部에 가닿으려는 어법을 취하면서 오랜 흔들림 끝에 가닿는 시적 공감의 가능성을 최대치로 보여준다. 결국 타자들을 관찰하고 그들을 품는 손증호의 시선과 목소리는 시조의 외관과

실질을 넓혀주는 예술적 성취라고 할 수 있을 것이다. 그만큼 이번 시조집은 지난날들에 대한 치유의 기록이자 존재자들을 향한 지극한 마음을 토로하면서 앞으로의 의지를 담아가는 언어적 양식으로 한동안 빛을 뿌릴 것이다.

알다시피 시조는 한국 유일의 정형 양식이다. 꽉 짜인 형식과 언어를 통해 여백과 함축의 원리를 구현하는 첨예한 서정 양식이다. 말 그대로 '짧은 노래'라는 측면에서 시조는 반복적 향수를 충실하게 견뎌내면서 우리로 하여금 오랜 기억을 견지하게끔 해준다. 물론 삶의 전체성을 입체적으로 보여주기에는 형식적 제약이 따른다. 그럼에도 절제되고 긴장된 노래를 통해 이러한 제약을 넘어서는 순간적 초월성을 가지기도 한다. 이때 시조는 서정의 정점을 보여주게 되고, 우리는 시조를 통해 삶의 단면과 이치를 담아내는 순간적 힘을 만나게 된다. 그렇기 때문에 비록 그 안에 소소한 인생 세목이 모두 담기는 것이 어렵다고 하더라도 시조는 작은 그릇에 삶의 단면과 이치에 대한 직관적 해석을 담음으로써 단호한 충격을 선사해주는 역설의 토양이 되는 것이다.

지금까지 우리가 천천히 읽어온 손증호의 시조는 여백과 함축을 통해 사랑의 시학을 완성해가는 따뜻한 마음의 결실로 오래 기록될 것이다. 이번 시조집 『다시, 봄』은 그러한 속성과 가능성을 두루 구비한 정점의 성취일 것이다. 이렇게 구체성과 보편성을 통합하여 원숙한 정형 미학을 이룬 이번 시조집 상재를 진심으로 축하드리면서, 앞으로도 그의 정형 미학이 은은하고도 든든한 우리 시조시단의 중심이 되어주기를 희원해본다.